FIRST THOUSAND WORDS
IN MĀORI

Heather Amery

Illustrated by Stephen Cartwright

Māori translation by Huia Publishers

There is a little yellow duck to look for on every
double page with pictures. Can you find it?

This bright and entertaining book provides a wealth of vocabulary-building opportunities for beginner learners of Māori.

Stephen's delightful pictures encourage direct association of the Māori word with the object, which will assist towards effective, long-term learning.

ISBN: 1-86969-239-X

First published in 2006 by Huia Publishers
39 Pipitea Street
PO Box 12-280
Wellington, Aotearoa New Zealand
www.huia.co.nz

Māori text © 2006 Huia Publishers
This edition published in 2018

Original title: Usborne First Thousand Words first published in 1979 in the United Kingdom by Usborne Publishing Ltd; revised edition first published in 1995.

Copyright © 2002, 1995, 1979 Usborne Publishing Ltd

A catalogue record for this book is available from the National Library of New Zealand.

Learn Māori with Huia

The magic of learning Māori with Huia is that we make both reading and learning fun.

This is a great book for anyone learning Māori. You will find it easy to learn new words by looking at the small labelled pictures. Then you can use the words by talking about the large central pictures.

To find out how you can Learn Māori with Huia please go to our website: www.huia.co.nz.

Looking at Māori words

The Māori alphabet is made up of ten consonants and five vowels:

A E H I K M N NG O P R T U W WH

In Māori, the letters a, e, i, o and u are sometimes written with a macron, a line that is written on top of the vowel like this: ā, ē, ī, ō, ū. This changes the way you pronounce the word. A macron on top of the vowel means that the vowel is said longer.

Saying Māori words

The best way to learn to say Māori words is to listen to a native speaker and repeat what you hear. At the back of this book there is also a word list with a pronunciation guide.

ipu peita

pounamu

morihana

toparere

panga

tiokarete

Te Whare

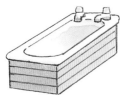
kauranga

hopi

kōrere

puka heketua

paraihe niho

wai

heketua

hautai

kāraha

hīrere

tauera

moenga

Horoimanga

Nohomanga

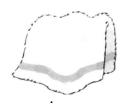

pēniho

reo irirangi

aupuru

kōpae

whāriki

hāneanea

4

tūru

papangarua

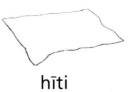
heru

hīti

whāriki

kāpata kaka

Rūma Moe

pouaka whakaata

hautō

whakaata

paraihe

rama

Kauhanga

whakaahua
waituhi

mātiti

waea

arapiki

whakapongi

oko hua
rākau

niupepa

paparahua

reta

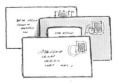

5

Te Kītini

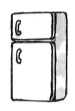

pātaka mātao

ipu

matawā

tūru

koko

pātene

rehu horoi

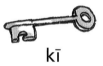

kī

tatau

hororē

puoto

hōpane

paoka

kaka ārai

papa haena

ipu para

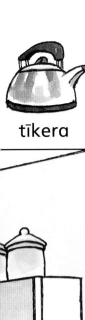
tīkera

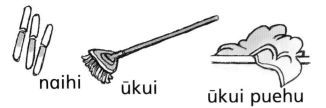
naihi

ūkui

ūkui puehu

taera

puruma

pūrere horoi

taipuehu

hautō

paepae kapu

parai

umu

koko rākau

pereti

haena

kāpata

tāora

kapu

māti

paraihe

kumete

7

Te Māra

huripara

kōhanga pī

ngata

ukuahi

manu

kāheru

pāpapa kōpure

ipu para

kākano

pākoro

puoto waiwai

noke

putiputi

uwhiuwhi

tima

katipō

8

pī

kōpaku

kōiwi

pāhuki

mārau

pōtarotaro

ara

rau

rākau

kapua

anuhe

purau

kōhanga

peka rākau

pātītī

waka pēpi

pouaka
hua whenua

ahi mumura

ngongo
wai

koropū karaehe

9

purimau

hōanga

wiri

arawhata

kani

kota

maramataka

pouaka
taputapu mahi

Te Taiwhanga Mahi

tīwiri

hiriwiri

papa rākau

kotakota

pīauau pūkoro

pine

pūngāwerewere

nati

whaowiri

whare tukutuku

kāho

ngaro

toki

ineroa

pākuru

waru

ipu peita

wahie

nēra

poutaka

pounamu

waru

11

toa

puare

wharekai

waka tūroro

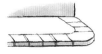

ara hīkoi

pakoko

tumera

tuanui

mīhini kari

hōtēra

Te Ara

pahi

tāne

motokā pirihimana

paipa

wiri

kura

papa tākaro

12

tekehī

ara whakawhiti

wheketere

taraka

rama ārahi waka

whare pikitia

wākena

tārawa

wākena tō

whare

mākete

kaupeka

motupaika

paihikara

waka tinei ahi

pirihimana

motokā

wahine

pourama

whare noho

13

rerewhenua

whangaono

pūhauiti

mīhini rorohiko

hei

pouaka
whakaahua

pirepire

tāre

kutā

koropewa

whare tāre

Te Toa Hoko Taputapu Tākaro

pūtangitang

whio

poro

pā hirahira

waka
whakatakere

pūtātara

pere

kōpere

hekerangi

waka

peita tā kanohi

tārawa

kōpare

purei motokā tere

hōiho pīoioi

pouaka moni

māpere

karetao

piana

kaipōkai tuarangi

wakahiki

kāri

pahū

hōia taputapu tākaro

ipu peita

kōkiri rangi

15

tārere

pouaka kirikiri

pikiniki

manu tukutuku

kōrere aihikirīmi

kurī

kēti

ara

poraka

retireti

Papa Rēhia

tūru

punua poraka

roto

koneke

mauwha

pēpi   papawīra   paruparu   waka pēpi   tīeke

tamariki

taraihikara

manu

kaho

pōro

waka peretahi

taura

tōhihi

pīpī rakiraki

taura piu

rākau

pārekereke putiputi   kakīānau   here   rakiraki

17

Rawhi Whakaaturanga

pea māuri

parirau

ēkara

hipohipo

wae

kangarū

makinui

pekapeka

makimaki

whiore

wuruhi

kumu

kumi ihuroa

kororā

pea

perikana

momoa

aihe

raiona

punua raiona

kakīroa

pihi

tia

kāmera

kekeno

pea tea

honu

ihu

arewhana

rinorino

pihona

poropeka

nanekoti

hepapa

nākahi

mangō

tohorā

taikā

repara

19

ara tereina

rerewhenua

moka

whakatō

kaitaraiwa tereina

tereina kawe rawa

pūhara

kaitango tīkiti

pāhi

pūrere tīkiti

Haerenga

Teihana Tereina

Teihana Hinuwaka

rama ārahi waka

pīkau

rama matua

pūkaha

wīra

pūhiko

waka rererangi

toparere

araoma

pourewa arataki

Tauranga Rererangi

tūmau

kaihautū

mīhini horoi motokā

tauputu

Mīhini Horoi Motokā

penehīni

taraka tō

taraka kawe hinu

mauhiri

rapa

pokiwaka

hinu

mapu hinu

Te Taiwhenua

pūhauhau

rere pūangi

pūrerehua

mokomoko

pōhatu

pōkiha

kōawa

poutohutohu

hetiheti

maunga

raka

kīrera   ngahere   patiha   awa   huarahi

22

tēneti

wai tawaka

wahie

whare

pēpē

arahanga

mōkī

horowai

ruru

kauhanga raro

punua pōkiha

mora

kaihī ika

toka

poraka taratara

rerewhenua

waka noho

puke

23

paiere mauti

kurī mahi hipi

reme

puna wai

pīpī

whare hei

whare poaka

pūru

whare heihei

tarakihana

Te Pāmu

tame pīkaokao

kuihi

taraka

pākoro

poharu

huripara

24

kaiahuwhenua

pārae

heihei

kāwhe

taiapa

tera

wharekau

kau

parau

uru hua rākau

tēpara

punua poaka

hīhō

korukoru

karetao whakamataku manu

whare pāmu

hei

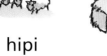
hipi

pēra hei

hōiho

poaka

25

waka peretahi

anga

Te Takutai

moana

hoe

whare kōrama

kāheru

pākete

pātangatanga

pā kirikiri

hāmarara

haki

kaumoana

pāpaka

karoro

moutere

waka pūkaha

kairetiwai

26

ngaru

pōtae tākakau

pari

kaipuke

waka

taura

pōhatu

rimurimu

kupenga

hoe

waka hī ika

pūrēhua

hīhō

ika

tūru

kahukau

waka kawe hinu

onepū

waka hoehoe

27

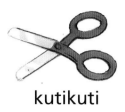

Te Kura

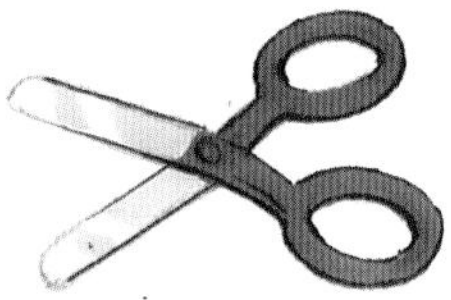
kutikuti

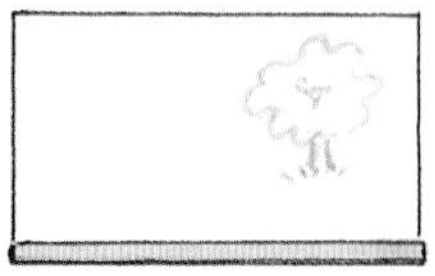
papatuhituhi

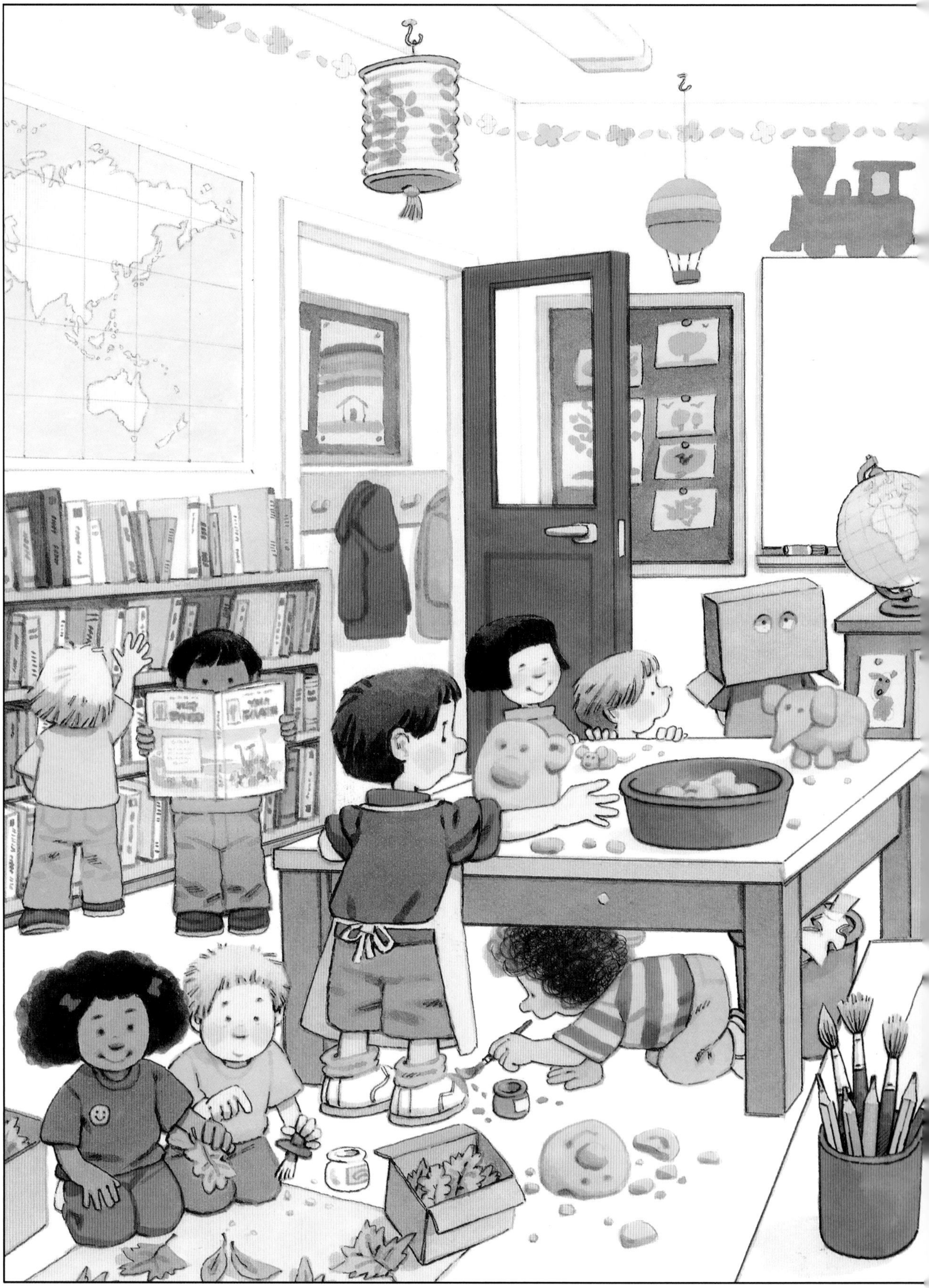

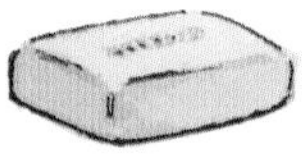
inarapa

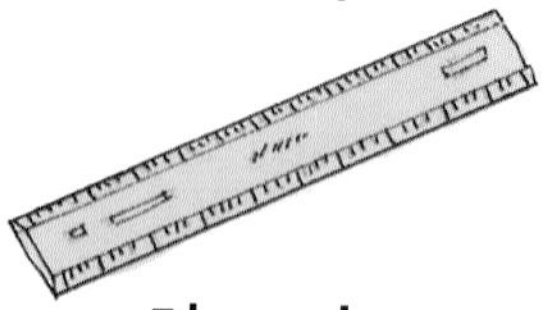
rākau ine

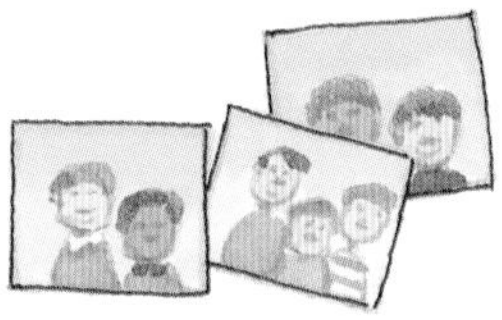
whakaahua

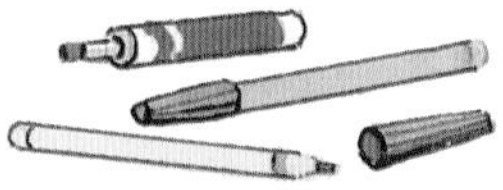
pene whītau

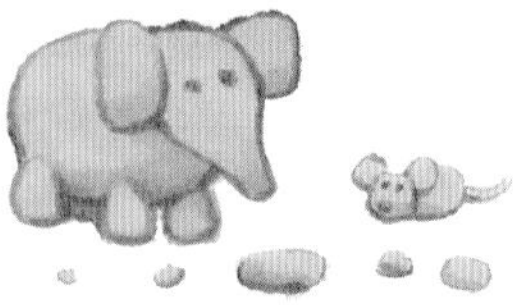
uku

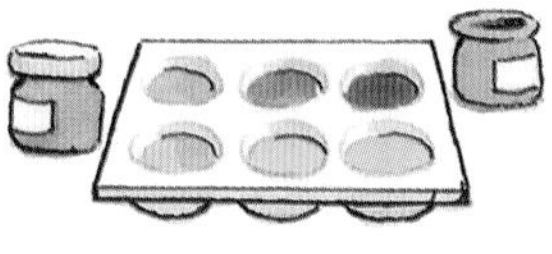
peita

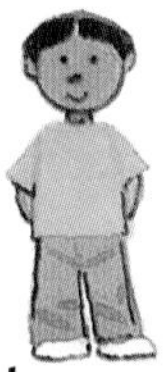
tama

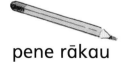

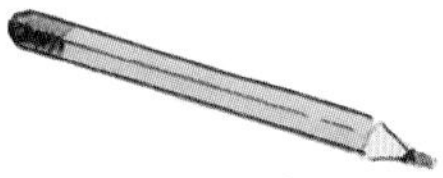
pene rākau

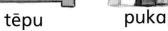

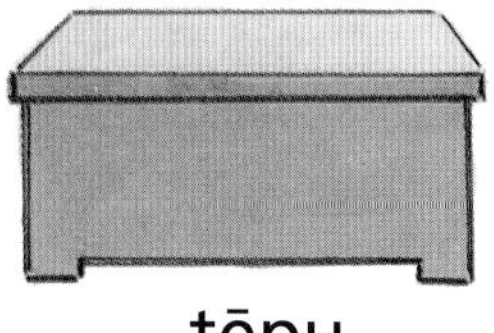
tēpu

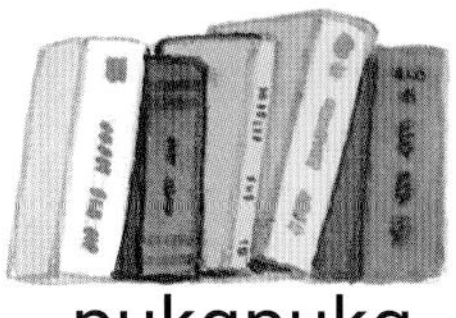
pukapuka

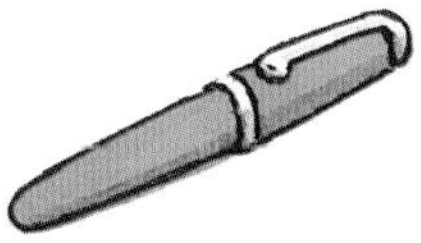
pene

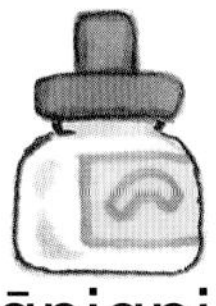
hāpiapia

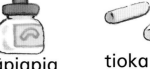

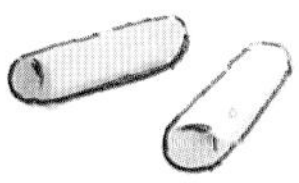
tioka

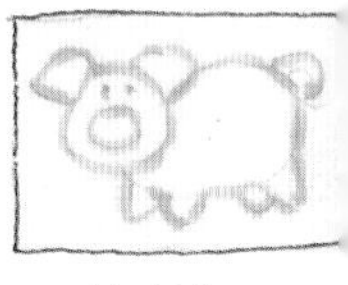
pikitia

ipu para

kaiako

pouaka

mahere whenua

paraehe peita

tuanui

pakitara

papa

a e h i k m
n ng o p r t
u w wh

pukapuka tuhituhi

a e h i k m
n ng o p r t
u w wh

arapū

pine

kauranga ika

pepa

paraina

kakau tatau

whakatō

kōpio

kōtiro

piakano

rama

ranga papa tuhituhi

nēhi

Te Hōhipera

āporo

poimuku

rongoā

ararewa

kahukahu

toko

pire

paepae kawe

matawā

ine mahana

ārai

kirikota

takai

kōrea

panga

rata

pūwero

Te Taiwhanga Tākuta

hiripa

rorohiko

rongoā whakapiri

maika

karepe

kete

taputapu tākaro

pea

kāri

nāpi

tokotoko

taiwhanga

urunga

kakamoe

kahumoe

ārani

pouaka aikiha pepa

kōmeke

poihau

tiokarete

mōwhiti

rare

matapihi

mumura

rīpene

keke

Te Pō Whakangahau

koha

pūngote

kānara

pepa tīni

taputapu tākaro

32

ārani

hōtiti totetote

teti pea

tōtiti

maramara rīwai

kākahu pohewa

tiere

wairanu

rāhipere

rōpere

pūrama

hanawiti

pata

pihikete

tīhi

parāoa

takapapa

33

hīmoemoe

kāroti

puānīko

riki

harore

kūkamo

rēmana

tūtaekōau

pirikōti

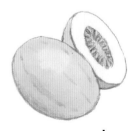

merengi

Te Toa

pēke

TĪHI

HUA RĀKAU

HUA WHENUA

riki

kāpeti

pītiti

rētihi

pī

tōmato

34

 hēki

paramu

puehu parāoa tauine

pounamu

mīti

 paināporo

 miraka pē

 kete

 pounamu

 pāhi

 kopa

 moni

 puoto kai

rīwai   rengamutu   pīni   tēpu moni   paukena   tāiki panapana

Kai

parakuihi

tina

hēki kōhua

tōhi

tiamu

kawhe

hēki parai

kirīmi

miraka

pata kai

kapu tī tiokarete

huka

mīere

tote

pepa

tī

panekeke

parāoa

hapa

mīti poaka

waikōhua

hēki kōrori

huamata

kakape

hāmipēka

heihei

raihi

wairanu tōmato

kihu parāoa

penupenu rīwai

parehe

kotakota rīwai

purini

Au/Ahau

māhunga
makawe
kanohi

tukemata

whatu

ihu

pāpāringa

waha

ngutu

ringa
tuke
pito

niho

arero

kauae

taringa

kakī

pakihiwi

koikara
waewae
waewae
pona

uma

tuarā

tou

ringa

kōnui

ringaringa

Kākahu

 tōkena

 tarau roto

 hingareti

 tarau

 tarau tāngari

 tī hāte

 panekoti

 hāte

 neketai

 tarau poto

 kahuwae

 kaka

 weru āhuru

 puraka

 tiehe

 kāmeta

 aikiha

 hū

 hū

 pāraerae

 kamupūtu

 karapu

 pūkoro

 tātua

 tīmau

 kōtui

 kauī

 pātene

kōhao pātene

 koti

 kaitaka poto

 pōtae

 pōtae

Tāngata

kaiwhakaari

ringawera

kaikanikani

kaiwaiata

pirihimana

kaihoko mīti

kaipōkai tuarangi

kāmura

kaipatuahi

tangata pūkenga

kaiwhakawā

kaiwhakatika pūkaha

kairākei makawe

kaihautū

kawe mēra

tūmau wahine

tūmau
tāne

mātanga niho

mataaro
waituhi

kairuku

kaitao
parāoa

Whānau

tamatāne

tamāhine

māmā   pāpā

whaea
kēkē

matua
kēkē

koroua

kuia

kaihana

41

Kupu Mahi

memene

tangi

whakaaro

whakarongo

kata

whiu

kuru

whati

peita

tuhituhi

tope

kuti

kainga

kōrero

kari

kawe

inu

hei mahi

peke

kanikani

horoi

whatu

ngōki

tākaro

titiro

piki

hari

moe

tuitui

peke

whawhai

tatari

huna

tunu

hoko

kōrero pukapuka

pana

waiata

pupuhi

kume

tahitahi

whiriwhiri

taka

hīkoi

oma

noho

43

Aronga Kē

pai

kino

runga

raro

tawhiti

tata

makariri

wera

mākū

maroke

ki runga

ki raro

paru

mā

mōmona

whīroki

huaki

kati

iti

nui

itiiti

maha

tuatahi

whakamutunga

ki te mauī

waho

roto

ngāwari

uaua

pau

kī

ngohengohe

mārō

mua

teitei

pōturi

tere

muri

pāpaku

roa

poto

mate

ora

pōuri

mārama

tawhito

runga

ki te matau

hōu

raro

45

Ngā Rā

Rātapu

Rāpare

Rātū

Rāhoroi

Rāhina

Rāapa

Rāmere

maramataka

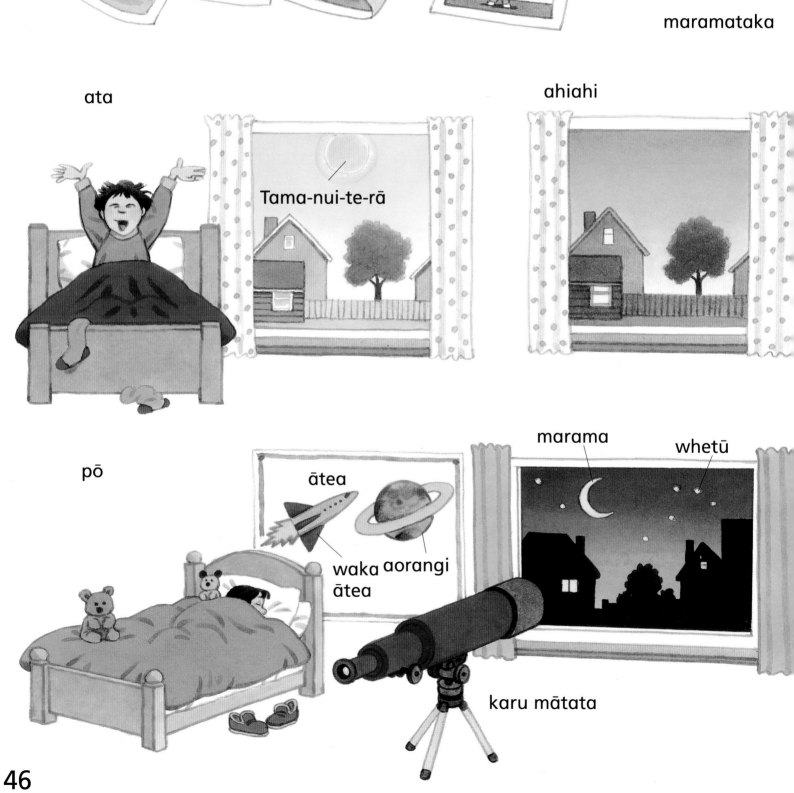

ata

ahiahi

Tama-nui-te-rā

pō

marama

whetū

ātea

waka aorangi ātea

karu mātata

Ngā Rā Whakanui

rā whānau

koha

kānara

kāri rā whānau

keke rā whānau

hararei

rā mārena

taituarā

wahine   tāne

pouaka
whakaahua

kaitango whakaahua

Kirihimete

Hana Kōkō

kōpapa

rākau
kirihimete

tia

47

Ngā Paihuarere

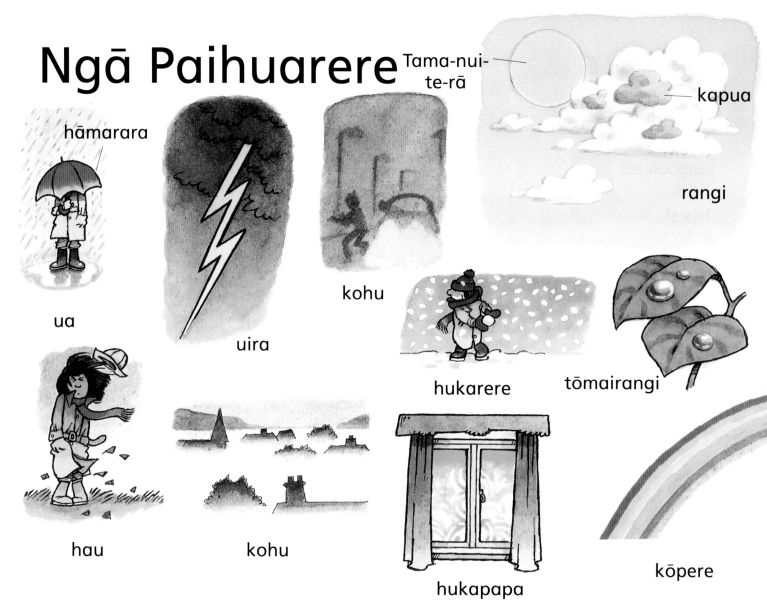

Tama-nui-te-rā

kapua

rangi

hāmarara

ua

uira

kohu

hukarere

tōmairangi

hau

kohu

hukapapa

kōpere

Ngā Wā

kōanga

raumati

ngahuru

takurua

Mōkaikai

kīore mōkai

rata kararehe

whare kurī

poaka kini

punua kurī

kurī

kākāiti

kākā

ngutu

kai kurī

mohoua

korapa

rāpeti

ngeru

rourou

kākā

kiore

punua ngeru

miraka

morihana

Ngā Tākaro

poitūkohu

hoe waka

waka peretahi

mirihau

retihuka

rākete

tēnehi

whutupōro

pītakataka

kirikiti

karate

poiuka

matira

kaihī ika

ika

whutupōro

kanikani

poiuka

ruku

hōpua kaukau

kaikauhoe

whakataetae

whana

pironga

rerehau

toitoi

pōtae mārō

nonoke

tauwhaiwhai

pikipiki

pūkura

poikiri

hōiho

poniponi

raraka

rūma whakamau kākahu

eke

poikōpiko

kopareti

retireti keo

toko

hikihiki

panunu

mamau

51

Ngā Tae

karaka

kākāriki

pango

kiwikiwi

whero

parauri

mā

kikorangi

māwhero

waiporoporo

kōwhai

Ngā Āhuahanga

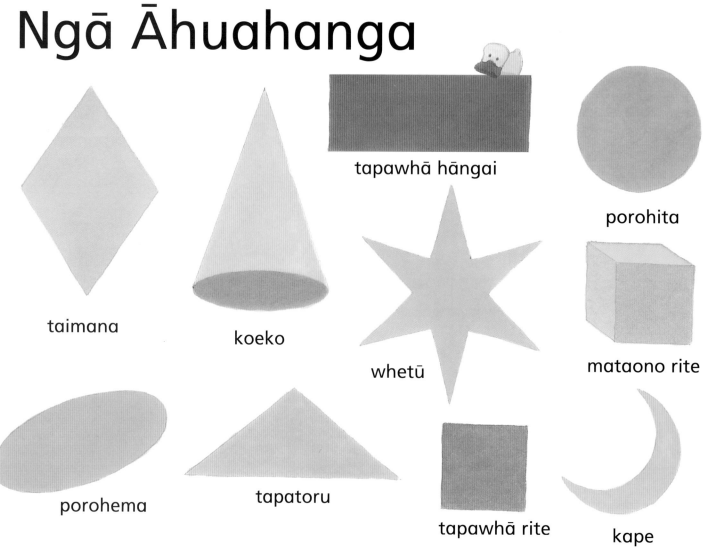

tapawhā hāngai

porohita

taimana

koeko

whetū

mataono rite

porohema

tapatoru

tapawhā rite

kape

Ngā Tau

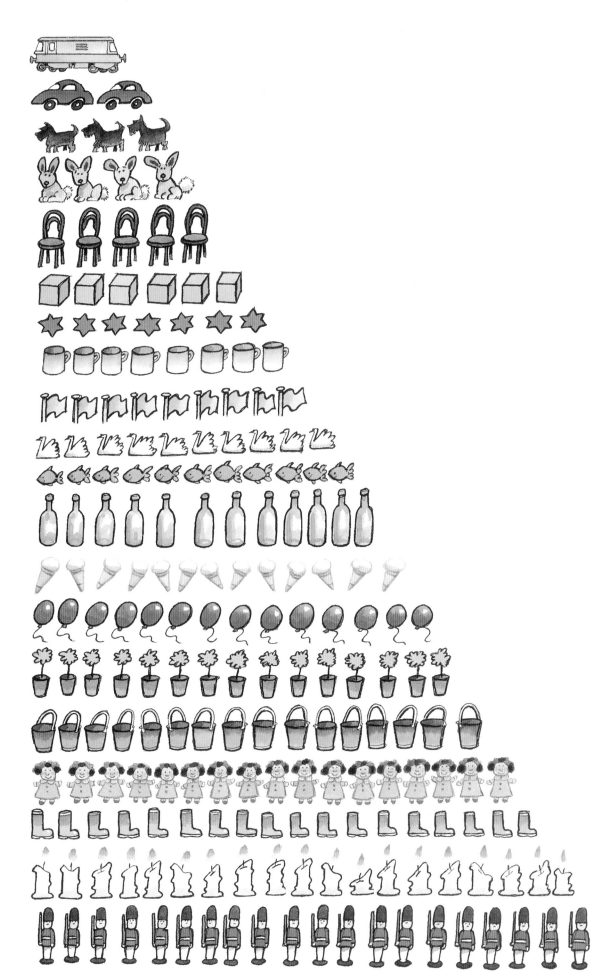

1   tahi

2   rua

3   toru

4   whā

5   rima

6   ono

7   whitu

8   waru

9   iwa

10 tekau

11 tekau mā tahi

12 tekau mā rua

13 tekau mā toru

14 tekau mā whā

15 tekau mā rima

16 tekau mā ono

17 tekau mā whitu

18 tekau mā waru

19 tekau mā iwa

20 rua tekau

Te Hokohoko

wīra nui

takaāwhio

pawa huka

tereina kēhua

kānga papā

whāriki   retireti

motokā tukituki

whiuwhiu porohita

rōnakinaki

54

Te Maninirau

tangata takaporepore

kaihīkoi taura kikī

pou

tārere

taura

kaieke paihikara

arawhata

kupenga haumaru

rāpeti

kaitātaki

pīrori

kurī

pōtae teitei

kaiwhiuwhiu

pūrēhua

pēne

kaieke hoīho

hangareka

Word list

In this list you can find all the words in this book in alphabetical order. The words are listed first in Māori then in English.

About Māori pronunciation

- In Māori, the letters a, e, i, o and u are sometimes written with a macron, a line that is written on top of the vowels like this: ā, ē, ī, ō, ū. A macron on top of the vowel means that the vowel is said longer. This can change the meaning of a word, for exam-ple, papa means 'floor', but pāpā means 'father'.

- Take care to keep the sound quality the same when the vowel is short and when it is long.

a like the sound of the 'u' in 'cut'
ā like the 'a' in 'father'
e and ē like the 'e' in 'men'
i like the 'ee' in 'feet', but keep the sound short
ī like the 'ee' in 'feet'
o like the 'o' sound in 'paw', but keep the sound short
ō like the 'o' sound in 'paw'
u like the sound of 'oo' in 'boot', but keep the sound short
ū like the sound of 'oo' in 'boot

- When two vowels occur in sequence, each vowel is sounded, with a smooth and rapid movement between the two sounds. For example, ae in tae 'arrive' is said by saying the a and then the e as described above, but moving quickly and smoothly from a to e.

- Many of the consonants of Māori are pronounced similar to English consonants. However, the sound r in Māori is very different from English. It is like a very, very quick d in English.

- Māori also has two digraphs, ng and wh. These are two letters written to represent a single sound. Note that ng is said like the 'ng' in 'singer', and not like the 'ng' in finger. The sound wh in Māori is most often said just like English f.

A

ahi mumura	bonfire
ahiahi	evening
aihe	dolphin
aikiha	handkerchief
anga	seashell
anuhe	caterpillar
aorangi	planet
āporo	apple
ara	path
ara hīkoi	pavement
ara tereina	railway track
ara whakawhiti	pedestrian crossing
arahanga	bridge
ārai	curtain
ārani	mandarin
ārani	orange
araoma	runway
arapiki	steps
arapū	alphabet
ararewa	elevator
arawhata	ladder
arero	tongue
arewhana	elephant
aronga kē	opposites
ata	morning
ātea	space
au/ahau	me
aupuru	cushion
awa	river

E

ēkara	eagle
eke	riding

H

haenga	iron
haerenga	travel
haki	flag
hāmarara	umbrella
hāmipēka	hamburger
Hana Kōkō	Father Christmas
hanawiti	sandwich
hāneanea	sofa
hangareka	clown
hapa	dinner
hāpiapia	glue
hararei	holiday
hari	take
harore	mushroom
hāte	shirt
hau	wind
hautai	sponge
hautō	chest of drawers
hei	hay
hei	necklace
hei mahi	make and do
heihei	chicken, hens
hekerangi	parachute
heketua	toilet
hēki	eggs
hēki kōhua	boiled egg
hēki kōrori	omelette

hēki parai	poached egg	inu	drink
hepapa	zebra	ipu	glasses (for drinking)
hēpara	shepherd	ipu para	rubbish bin
here	dog lead	ipui para	rubbish
heru	comb	ipu para	wastepaper bun
hetiheti	hedgehog	ipu peita	paint pot
hīhō	donkey	ipu peita	paints
hikihiki	ski lift	iti	small
hīkoi	walk	itiiti	few
hīmoemoe	grapefruit	iwa	nine
hingareti	singlet		
hinu	oil	**K**	
hipi	sheep	Kāheru	spade
hipohipo	hippopotamus	kaho	railings (of a fence)
hīrere	shower	kāho	barrel
hiripa	slippers	kahukahu	dressing gown
hiriwiri	screwdriver	kahukau	swimsuit
hīti	sheet	kahumoe	pyjamas
hōanga	sandpaper	kahuwae	tights
hoe	oar, rowing	kai	food
hoe waka	canoeing	kai kurī	dog food
hōia taputapu tākaro	toy soldiers	kaiahuwhenua	farmer
hōiho	horse	kaiako	teacher
hōiho pīoioi	rocking horse	kaieke hōiho	bareback rider
hoko	buy	kaieke paihikara	trick cyclist
honu	turtle	kaihana	cousin
hōpane	saucepan	kaihautū	bus driver
hopi	soap	kaihautū	pilot
hōpua kaukau	swimming pool	kaihautū	truck driver
horoi	wash	kaihī ika	fisherman
horoimanga	bathroom	kaihīkoi taura kikī	tightrope walker
hororē	vacuum cleaner	kaihoko mīti	butcher
horowai	waterfall	kaikanikani	ballerina
hōtēra	hotel	kaikanikani	dancer
hōtiti totetote	salami	kaikauhoe	swimmer
hōu	new	kainga	eat
hū	shoes	kaipatuahi	fireman
hū	sneakers	kaipōkai tuarangi	astronaut
hua rākau	fruit	kaipuke	boat, ship
hua whenua	vegetables	kairākei makawe	hairdresser
huaki	open	kairetiwai	waterskiier
huamata	salad	kairuku	diver
huarahi	road	kaitaka poto	jacket
huka	sugar	kaitango tīkiti	ticket collector
hukapapa	frost	kaitango whakaahua	photographer
hukarere	snow	kaitao parāoa	baker
huna	hide	kaitaraiwa tereina	train driver
huripara	wheelbarrow	kaitātaki	circus master
		kaiwaiata	singer
I		kaiwhakaari	actor
ihu	nose	kaiwhakaari	actress
ihu	trunk (of an elephant)	kaiwhakatika pūkaha	mechanic
ika	fish	kaiwhakawā	judge
inarapa	rubber	kaiwhiuwhiu	juggler
ine mahana	thermometer	kaka	dress
ineroa	tape measure	kākā	parrot

57

kaka ārai	apron	kī	full
kākahu	clothes	kī	key
kākahu pohewa	costumes	ki raro	under
kākāiti	budgie	ki runga	over
kakamoe	nightdress	ki te matau	to the right
kākano	seeds	ki te mauī	to the left
kakape	chopsticks	kihu pāraoa	spaghetti
kākāriki	green	kikorangi	blue
kakau tatau	door handle	kino	bad
kakī	neck	kiore	mouse
kakīānau	swans	kīore mōkai	hamster
kakīroa	giraffe	kīrera	squirrel
kāmera	camel	Kirihimete	Christmas
kāmeta	scarf	kirikiti	cricket
kamupūtu	gumboots	kirikota	plaster cast
kāmura	carpenter	kirīmi	cream
kānara	candle	kiwikiwi	grey
kānga papā	popcorn	kōanga	spring
kangarū	kangaroo	kōawa	stream
kani	saw	koeko	cone
kanikani	dance, dancing	koha	presents/gifts
kanohi	face	kōhanga	nest
kāpata	cupboard	kōhanga pī	beehive
kāpata kaka	wardrobe	kōhao pātene	buttonholes
kape	crescent	kohu	fog
kāpeti	cabbage	kohu	mist
kapu	cups	koikara	toes
kapu tī tiokarete	hot chocolate	kōiwi	bone
kapua	cloud	kōkiri rangi	rocket
kāraha	washbasin	koko	spoons
karaka	orange	koko rākau	wooden spoon
karapu	gloves	kōmeke	comic
karate	karate	koneke	rollerblades
karepe	grapes	kōnui	thumb
karetao	puppets	kopa	purse
karetao whakamataku manu	scarecrow	kōpae	compact disc
kari	dig	kōpaku	trowel
kāri	cards	kōpapa	sleigh
kāri rā whānau	birthday cards	kōpare	masks
karoro	seagull	kopareti	iceskates
kāroti	carrot	kōpere	bow (bow and arrow)
karu mātata	telescope	kōpere	rainbow
kata	laugh	kōpio	globe
kati	closed	korapa	birdcage
katipō	wasp	kōrea	wheelchair
kau	cow	kōrere	tap
kauae	chin	kōrere aihikirīmi	icecream cone
kauhanga	hallway	kōrero	speak
kauhanga raro	tunnel	kōrero pukapuka	read
kauī	shoelace	koropewa	ring
kaumoana	sailor	koropū karaehe	glass house
kauranga	bath	kororā	penguin
kauranga ika	aquarium	koroua	grandfather
kawe	carry	korukoru	turkey
kawe mēra	postman	kota	sawdust
kawhe	coffee	kotakota	shavings (wood)
kāwhe	calf	kotakota rīwai	chips
keke	cake	koti	coat
keke rā whānau	birthday cake	kōtiro	girl
kekeno	seal	kōtui	zip
kete	basket	kōwhai	yellow
kēti	gate	kuia	grandmother

kuihi	geese
kūkamo	cucumber
kume	pull
kumete	bowls
kumi ihuroa	crocodile
kumu	tail (bird)
kupenga	net (fishing)
kupenga haumaru	safety net
kupu mahi	verbs
kura	school
kurī	dog
kurī mahi hipi	sheepdog
kuru	throw
kutā	guitar
kuti	cut
kutikuti	scissors

M

mā	clean
mā	white
maha	many
mahere whenua	map
māhunga	head
maika	banana
makariri	cold
makawe	hair
mākete	market
makimaki	monkey
makinui	gorilla
mākū	wet
māmā	mother
mamau	sumo wrestling
mangō	shark
manu	bird
manu tukutuku	kite
māpere	marbles
mapu hinu	petrol pump
marama	moon
mārama	light
maramara rīwai	chips/crisps
maramataka	calendar
mārau	fork
mārō	hard
maroke	dry
mataaro waituhi	painter
mātanga niho	dentist
mataono rite	cube
matapihi	window
matawā	clock
matawā	watch
mate	dead
māti	matches
matira	fishing rod
mātiti	clothes peg
matua kēkē	uncle
mauhuri	spanner
maunga	mountain
mauwha	bush
māwhero	pink
memene	smile
merengi	melon
mīere	honey

mīhini horoi motokā	carwash
mīhini kari	digger
mīhini rorohiko	robot
miraka	milk
miraka pē	yoghurt
mirihau	windsurfing
mīti	meat
mīti poaka	ham
moana	sea
moe	sleep
moenga	bed
mohoua	canary
moka	buffers
mōkaikai	pets
mōkī	barge
mokomoko	lizard
momoa	ostrich
mōmona	fat
moni	money
mora	mole
morihana	goldfish
motokā	car
motokā pirihimana	police car
motokā tukituki	dodgems
motupaika	motorbike
moutere	island
mōwhiti	glasses
mua	front
mumura	fireworks
muri	back

N

naihi	knife
nākahi	snake
nanekoti	goat
nāpi	nappy
nati	nuts (nuts and bolts)
nēhi	nurse
neketai	neck-tie
nēra	nails
ngā āhuahanga	shapes
ngā paihuarere	the weather
ngā rā	days
ngā rā whakanui	special days
ngā tae	colours
ngā tākaro	sport
ngā tau	numbers
ngā wā	the seasons
ngahere	forest
ngahuru	autumn
ngaro	fly
ngaru	waves
ngata	snail
ngāwari	easy
ngeru	cat
ngohengohe	soft
ngōki	crawl
ngongo wai	hose
ngutu	beak
ngutu	lips
niho	teeth
niupepa	newspaper

noho	sit	paraina	blind (window)
nohomanga	living room	parakuihi	breakfast
noke	worm	paramu	plum
nonoke	judo	parāoa	bread rolls
nui	big	parāoa	bread
		parau	plough
O		parauri	brown
oko hua rākau	fruitbowl	parehe	pizza
oma	run	pārekereke putiputi	flower bed
onepū	beach	pari	cliff
ono	six	parirau	wing
ora	alive	paru	dirty
		paruparu	dirt
P		pata	butter
pā hirahira	castle	pata kai	cereal
pā kirikiri	sandcastle	pātaka mātao	fridge
paepae kapu	saucers	pātangatanga	starfish
paepae kawe	tray	pātene	button
pahi	bus	pātene	switch
pāhi	handbag	patiha	badger
pāhi	suitcase	pātītī	grass
pahū	drum	pau	empty
pāhuki	hedge	paukena	pumpkin
pai	good	pawa huka	candyfloss
paiere mauti	haystack	pea	bear
paihikara	bicycle	pea	pear
paināporo	pineapple	pea māuri	panda
paipa	pipes	pea tea	polar bear
pākete	bucket	peita	paint
pakihiwi	shoulders	peita	paints
pakitara	wall	peita tā kanohi	face paint
pakoko	statue	peka rākau	sticks
pākoro	barn	pekapeka	bat
pākoro	shed	peke	jump
pākuru	hammer	pēke	bag
pana	push	pene	pen
panekeke	pancakes	pēne	band
panekoti	skirt	pene rākau	pencil
panga	puzzle	pene whītau	felt-tips
pango	black	penehīni	petrol
panunu	snowskis	pēniho	toothpaste
paoka	forks	penupenu rīwai	mashed potatoes
papa	floor	pepa	paper
pāpā	father	pepa	pepper
papa haena	ironing board	pepa tīni	paperchain
papa rākau	plank	pēpē	moth
papa rēhia	the park	pēpi	baby
papa tākaro	playground	pēra hei	hay bale
pāpaka	crab	pere	arrows
pāpaku	low	pereti	plate
papangarua	duvet	perikana	pelican
pāpapa kōpure	ladybird	pī	bee
paparahua	table	pī	peas
pāpāringa	cheek	piakano	crayons
papatuhituhi	blackboard	piana	piano
papawīra	skateboard	pīauau pūkoro	penknife
pārae	field	pihi	deer antlers
paraehe peita	paintbrush	pihikete	biscuit
pāraerae	sandals	pihona	bison
parai	frying pan	pīkau	backpack
paraihe	brush	piki	climb
paraihe niho	toothbrush	pikiniki	picnic

60

pikipiki	climbing	pounamu	jars
pikitia	picture	pourama	lamp post
pine	badge	pourewa arataki	control tower
pine	drawing pins	pōuri	dark
pine	tacks	poutaka	workbench
pīni	beans	poutohutohu	sign post
pīpī	chicks	pū	rifle
pīpī rakiraki	ducklings	puānīko	cauliflower
pire	pills	puare	hole
pirepire	beads (sums)	puehu parāoa	flour
pirihimana	policeman	pūhara	platform
pirihimana	policewoman	pūhauhau	windmill
pirikōti	apricot	pūhauiti	recorder
pironga	target	pūhiko	battery
pīrori	hoop	puka heketua	toilet paper
pītakataka	gymnastics	pūkaha	engine
pītiti	peach	pukapuka	books
pito	belly-button	pukapuka tuhituhi	notebook
pō	night	puke	hill
poaka	pig	pūkoro	pockets
poaka kini	guinea pig	pūkura	badminton
poharu	mud	puna wai	pond
pōhatu	pebbles	pūngāwerewere	spider
pōhatu	stones	pūngote	straw
poihau	balloon	punua kurī	puppy
poikere	playdough	punua ngeru	kitten
poikiri	soccer	punua poaka	piglets
poikōpiko	table tennis	punua pōkiha	fox cubs
poimuku	cottonwool	punua poraka	tadpoles
poitūkohu	basketball	punua raiona	lion cubs
poiuka	softball (game)	puoto	sink
poiuka	softball	puoto kai	tinned food
pōkiha	fox	puoto waiwai	watering can
pokiwaka	bonnet (car)	pupuhi	blow
pona	knee	puraka	sweatshirt
poniponi	pony	pūrama	lightbulb
poraka	frog	purau	rake
poraka taratara	toad	pūrēhua	bowtie
poro	blocks	pūrēhua	flippers
pōro	ball	purei motokā tere	racing car
porohema	oval	pūrere horoi	washing machine
porohita	circle	pūrere tīkiti	ticket machine
poropeka	beaver	pūrerehua	butterfly
pōtae	cap	purimau	vice (tool)
pōtae	hat	purini	dessert
pōtae mārō	helmet	pūru	bull
pōtae tākakau	straw hat	puruma	broom
pōtae teitei	top hat	pūtangitangi	harmonica
pōtarotaro	lawnmower	pūtātara	trumpet
poto	short	putiputi	flowers
pōturi	slow	pūwero	syringe
pou	pole		
pou irirangi	TV aerial	**R**	
pouaka	box	rā mārena	wedding day
pouaka aikiha pepa	box of tissues	rā whānau	birthday
pouaka hua whenua	vegetable box	Rāapa	Wednesday
pouaka kirikiri	sandbox	Rāhina	Monday
pouaka moni	money box	rāhipere	raspberry
pouaka taputapu mahi	tool box	Rāhoroi	Saturday
pouaka whakaahua	camera	raihi	rice
pouaka whakaata	television	raiona	lion
pounamu	bottles	raka	lock (on a canal)

rākau	tree	rourou	cat basket
rākau ine	ruler	rua	two
rākau kirihimete	Christmas tree	rua tekau	twenty
rākete	tennis racquet	ruku	diving
rakiraki	ducks	ruma moe	bedroom
rakiraki	ducks	rūma whakamau kākahu	changing room
rama	lamp	runga	top
rama	lamp	ruru	owl
rama ārahi waka	traffic lights		
rama matua	headlights	**T**	
Rāmere	Friday	taera	tiles
ranga papatuhituhi	easel	tahi	one
rangi	sky	tahitahi	sweep
rapa	tyre	taiapa	fence
Rāpare	Thursday	taikā	tiger
rāpeti	rabbit	tāiki panapana	shopping trolley
raraka	locker	taimana	diamond
rare	lollie	taipuehu	dustpan
raro	bottom	taituarā	bridesmaid
rata	doctor	taiwhanga	waiting room
rata kararehe	vet	taka	fall
Rātapu	Sunday	takaāwhio	roundabout
Rātū	Tuesday	takai	bandage
rau	leaves	takapapa	tablecloth
raumati	summer	tākaro	play
rawhi whakaaturanga	the zoo	takurua	winter
rehu horoi	washing powder	tama	boy
rēmana	lemon	tamāhine	daughter
reme	lambs	Tama-nui-te-rā	sun
rengamutu	spinach	tamariki	children
reo irirangi	radio	tamatāne	son
repara	leopard	tame pīkaokao	cock
rere pūangi	balloon (hot air)	tāne	groom
rerehau	handglider	tāne	man
rerewhenua	engine (train)	tāngata	people
rerewhenua	train	tangata pūkenga	artist
reta	letters	tangata takaporepore	acrobats
rētihi	lettuce	tangi	cry
retihuka	snowboarding	tāora	tea towel
retireti	slide	tapatoru	triangle
retireti keo	iceskating	tapawhā hāngai	rectangle
riki	leek	tapawhā rite	square
riki	onion	taputapu tākaro	toys
rima	five	taraihikara	tricycle
rimurimu	seaweed	taraka	lorry
ringa	arm	taraka kawe hinu	petrol tanker
ringa	hand	taraka kawe hinu	tanker
ringaringa	fingers	taraka tō	breakdown lorry
ringawera	cook/chef	tarakihana	tractor
rinorino	rhinoceros	tarau	trousers
rīpene	ribbon	tarau poto	shorts
rīpene	tape cassette	tarau roto	underpants
rīpene ataata	video	tarau tāngari	jeans
rīwai	potatoes	tārawa	roller
roa	long	tāre	dolls
rōnakinaki	rollercoaster	tārere	swings
rongoā	medicine	tārere	trapeze
rongoā whakapiri	plaster	taringa	ears
rōpere	strawberry	tata	near
rorohiko	computer	tatari	wait
roto	in	tatau	door
roto	lake	tātua	belt

62

tauera	towel	tina	lunch
tauine	scales (weigh)	tioka	chalk
tauputu	boot (of car)	tiokarete	chocolate
taura	rope	titiro	watch
taura	tightrope	tīwiri	screws
taura piu	skipping rope	toa	shop
tauranga rererangi	the airport	tōhi	toast
tauwhaiwhai	cycling	tōhihi	puddle
tawhiti	far	tohorā	whale
tawhito	old	tohu	signals
te ara	the street	toitoi	jogging
te hōhipera	the hospital	toka	rocks
te hokohoko	the fair	tōkena	socks
te kītini	the kitchen	toki	axe
te kura	the school	toko	crutches
te maninirau	the circus	toko	ski poles
te māra	the garden	tokotoko	walking stick
te pāmu	the farm	tōmairangi	dew
te pō whakangahau	the party	tōmato	tomato
te taiwhanga mahi	the workshop	toparere	helicopter
te taiwhanga tākuta	the doctor's surgery	tope	chop
te taiwhenua	the countryside	toru	three
te takutai	the beach	tote	salt
te toa	the shop	tōtiti	sausage
te toa hoko taputapu tākaro	the toy shop	tou	bottom
te whare	the house	tuanui	ceiling
teihana hinuwaka	the garage	tuanui	roof
teihana tereina	the railway station	tuarā	back
teitei	high	tuatahi	first
tekau	ten	tuhituhi	write
tekau mā iwa	nineteen	tuitui	sew
tekau mā ono	sixteen	tuke	elbow
tekau mā rima	fifteen	tukemata	eyebrow
tekau mā rua	twelve	tūmau	air steward
tekau mā tahi	eleven	tūmau tāne	waiter
tekau mā toru	thirteen	tūmau wahine	waitress
tekau mā waru	eighteen	tumera	chimney
tekau mā whā	fourteen	tūru	chair
tekau mā whitu	seventeen	tunu	cook
tekehī	taxi	tūru	deck chair
tēnehi	tennis	tūru	park bench (to sit on)
tēneti	tent	tūru	stool
tēpara	stable	tūtaekōau	celery
tēpu	desk		
tēpu moni	cashdesk	**U**	
tera	saddle	ua	rain
tere	fast	uaua	difficult
tereina kawe rawa	train carriage	uira	lightning
tereina kēhua	ghost train	uku	clay
teti pea	teddy bear	ukuahi	bricks
tī	tea	ūkui	mop
tī hāte	tee-shirt	ūkui puehu	duster
tia	deer	uma	chest
tia	reindeer	umu	oven
tiamu	jam	uru hua rākau	orchard
tiehe	cardigan	urunga	pillow
tīeke	seesaw	uwhiuwhi	sprinkler
tiere	cherry		
tīhi	cheese		
tīkera	kettle		
tima	hoe		
tīmau	buckle		

W

waea	telephone
waewae	feet
waewae	leg
waha	mouth
wahie	logs
wahie	wood
wahine	bride
wahine	woman
waho	out
wai	water
wai tawaka	canal
waiata	sing
waikōhua	soup
waiporoporo	violet
wairanu	juice
wairanu tōmato	tomato sauce
waka	boat
waka	canoe
waka ātea	spaceship
waka hī ika	fishing boat
waka hoehoe	rowing boat
waka noho	caravan
waka pēpi	pram
waka pēpi	push chair
waka peretahi	sailboat
waka pūkaha	motorboat
waka rererangi	plane
waka tinei ahi	fire engine
waka tūroro	ambulance
waka whakatakere	submarine
wakahiki	crane
wākena	van
wākena tō	trailer
waru	eight
waru	file
waru	plane (wood)
wera	hot
weru āhuru	jersey
whā	four
whaea kēkē	aunty
whakaahua	photographs
whakaahua waituhi	pictures
whakaaro	think
whakaata	mirror
whakamutunga	last
whakapongi	radiator
whakarongo	listen
whakataetae	race
whakatō	carriages
whakatō	plant
whana	archery
whānau	the family
whangaono	dice
whaowiri	bolts (nuts and bolts)
whare	house
whare hei	haybarn
whare heihei	henhouse
whare kōrama	lighthouse
whare kurī	dog kennel
whare noho	flats
whare pāmu	farmhouse
whare pikitia	cinema
whare poaka	pig pen
whare tāre	dollshouse
whare tukutuku	spiderweb
wharekai	café
wharekau	cow shed
whāriki	carpet
whāriki	mat
whati	break
whatu	eye
whatu	knit
whawhai	fight
wheketere	factory
whero	red
whetū	star
whio	whistle
whiore	tail
whiriwhiri	pick
whīroki	thin
whitu	seven
whiu	catch
whiuwhiu porohita	hoop-la
whutupōro	football
whutupōro	rugby
wīra	wheel
wīra nui	ferris wheel
wiri	drill
wuruhi	wolf

First published in 2006 by Huia Publishers,
This edition published in 2018
39 Pipitea Street, Thorndon, Wellington,
Aotearoa New Zealand www.huia.co.nz
Based on a previous title first published
in 1979. Copyright © 2002, 1995 1979
Usborne Publishing Ltd.